5/4 Avril 1908

marqué
99P

Collection de feu M. Machelard

TROISIÈME VENTE APRÈS DÉCÈS

Porcelaines Anciennes

Françaises et Étrangères (1,500 pièces environ)

TABLEAUX ANCIENS

Meubles et Bronzes anciens

OBJETS DE VITRINE DU XVIIIᵉ SIÈCLE

ARGENTERIE ANCIENNE, BIJOUX

Mobilier courant

LIVRES

<table>
<tr><td>COMMISSAIRE-PRISEUR
Mᵉ F. LAIR-DUBREUIL
6, rue Favart</td><td>EXPERTS
MM. PAULME et B. LASQUIN fils
10, rue Chauchat | 12, rue Laffitte</td></tr>
</table>

Paris, avril 1908

Collection de feu M. Machelard

TROISIÈME VENTE

CATALOGUE

DES

PORCELAINES ANCIENNES
Françaises et Étrangères

Des Fabriques

D'ARRAS, CHANTILLY, LILLE, MENNECY, TOURNAY, SAINT-CLOUD,
SÈVRES, AMSTEL, BERLIN,
LOCRÉ, NIEDERWILLER, ORLÉANS, PARIS, SAXE, VIENNE, ETC.

CHINE ET JAPON

1,500 Pièces environ

TABLEAUX ANCIENS, PASTELS, GRAVURES
Bons portraits de l'École française du XVIIIe siècle

MEUBLES ET BRONZES ANCIENS
Objets de vitrine du XVIIIe siècle

ARGENTERIE ANCIENNE — BIJOUX
Mobilier courant — Livres

Dont la 3e Vente après Décès aura lieu

HOTEL DROUOT, SALLE No 2
Les Vendredi 3 et Samedi 4 Avril 1908, à deux heures

COMMISSAIRE-PRISEUR	EXPERTS
Me F. LAIR-DUBREUIL	MM. PAULME et B. LASQUIN fils
6, rue Favart	10, rue Chauchat | 12, rue Laffitte

Chez lesquels se distribue le présent Catalogue

Exposition Publique le Jeudi 2 avril, Salle no 2, de 1 h. 1/2 à 5 h. 1/2

ÇONDITIONS DE LA VENTE

Elle sera faite *au comptant.*

Les adjudicataires paieront *dix pour cent* en sus des enchères.

ORDRE DES VAÇATIONS

Les porcelaines seront vendues le premier jour.

Paris. — Imp, de l'Art, CH. BERGER et Cⁱᵉ, 41, rue de la Victoire.

DÉSIGNATION

PORCELAINES ANCIENNES

1 — Sous ce numéro seront vendues environ
deux cent cinquante pièces en ancienne porcelaine de Paris, Orléans, Locré, etc., à décor
polychrome : joli bouillon, nombreuses tasses
et soucoupes, assiettes, corbeilles, sucriers,
vases, etc.

2 — Sous ce numéro seront vendues environ
cent pièces en anciennes porcelaines étrangères : Saxe, Vienne, Berlin, etc.

3 — Sous ce numéro seront vendues environ six
cent cinquante pièces en ancienne porcelaine
de la Chine et du Japon : vases, tasses avec
soucoupes, assiettes, etc., décors bleus et polychromes.

4 — Sous ce numéro seront vendus des services en ancienne porcelaine tendre de Tournay, Arras, Lille, décor de fleurettes ou feuillages en bleu. Environ cent cinquante pièces.

5 — Sous ce numéro seront vendues environ cent dix pièces en ancienne porcelaine tendre de Chantilly : assiettes, pots à fards et à pommades, sucriers, tasses, jardinières, etc., décors bleus et polychromes.

6 — Sous ce numéro seront vendues environ trente pièces en ancienne porcelaine tendre de Mennecy, à décor bleu et polychrome, théières, pot à lait, sucriers, pots à fards et à pommades, tasses et soucoupes, etc.

7 — Sous ce numéro seront vendues environ cinquante-cinq pièces en ancienne porcelaine tendre de Saint-Cloud en blanc et décor bleu : terrasse, statuette, pots à pommades et à fards, tasses et présentoirs, etc.

8 — Sous ce numéro seront vendues environ cent vingt pièces en ancienne porcelaine tendre de Sèvres : assiettes, soucoupes, tasses, compotiers, salières, petits vases, etc.

ARGENTERIE

9 — Quatre grands couverts, argent, à filets.

10 — Sept grands couverts, à filets et coquilles, argent ancien.

11 — Six grands couverts, argent, à filets.

12 — Huit grandes fourchettes, argent, chiffres et à filets.

13 — Neuf grandes fourchettes, argent, à filets.

14 — Quatre grands couverts dépareillés, couvert à entremets et cinq cuillères à café, argent.

15 — Douze couverts à entremets en argent, à filets.

16 — Deux truelles à poisson et deux timbales, argent.

17 — Six couverts à entremets en argent, à filets.

18 — Douze cuillères à café en vermeil, à filets, époque Louis XVI, dans leur écrin ancien.

19 — Grande tasse à piédouche et anse formé
d'un rinceau de feuillages et d'un amour,
avec son présentoir en vermeil. Époque Empire.

20 — Douze cuillères à café en vermeil. Époque
Louis XVI.

21 — Six cuillères à café, à queue de rat, en vermeil, dans leur étui ancien.

22 — Dix-huit couteaux à dessert, lames argent,
et manches en nacre. Époque Empire.

23 — Dix-huit couteaux à dessert, manches en
ivoire.

24 — Six cuillères à café, argent, filets et coquilles.

25 — Douze cuillères à café argent, dans leur
écrin.

26 — Douze cuillères à café, argent, à filets.

27 — Service à hors-d'œuvre en argent.

28 — Deux cuillères de sucre à poudre en argent.
Vieux Paris.

29 — Louche, argent. Vieux Paris.

30 — Deux louches, argent, à filets.

31 — Cinq cuillères à café dépareillées, deux truelles à poissons et deux timbales en argent.

32 — Porte-huilier en argent, formé de deux corbeilles ajourées, poignée formée d'une colonne cannelée surmontée d'un vase. Époque Louis XVI.

33 — Petite cafetière, argent. Vieux Paris.

34 — Grande chocolatière à trois pieds, à cartouches et manche bois noir, argent. Vieux Paris.

35 — Autre chocolatière, plus petite, argent. Vieux Paris.

36 — Sucrier, en forme de vase, à piédouche et couvercle, à deux anses, en argent. Époque Empire.

37 — Deux salières bout-de-table, quatre salières simples, forme bateau, et deux moutardiers, argent. Époque Louis XVI.

BIJOUX, OBJETS DE VITRINE

ET DIVERS

38 — Parure de trois boutons de chemise en or, orné chacun d'un brillant.

39 — Montre en or. Époque Louis XVI.

40 — Une croix, un bracelet et boucles anciennes en marcassite, et deux faces-à-main en argent doré. Époque Empire.

41 — Deux cachets-breloques, or et argent, une broche, argent et camée, et un lot de menus bijoux.

42 — Bonbonnière ovale en écaille blonde, incrustée de rayures en or. Époque Louis XVI.

43 — Boîte ronde en ivoire, intérieur en écaille, bordée d'or, et couvercle avec médaillon ovale chiffré. Époque Louis XVI.

44 — Grande tabatière rectangulaire peinte au vernis, décorée sur toutes ses faces de trophées, de musique et bouquets de fleurs,

intérieur d'écaille, monture en argent doré.
Époque Louis XV.

45 — Boîte ronde en bois de racine, intérieur en
écaille, dessus cerclé d'or, avec dessin au
crayon représentant une allée animée de
nombreux personnages. Époque Louis XVI.

46 — Étui peint au vernis, cerclé d'or. Époque
Louis XVI.

47 — Gilet en soie blanche, brodé de fleurettes. Époque Louis XVI.

48 — Aumônière en velours rouge, brodée de
soie et métal avec écusson, et sept bourses
anciennes en soie, marcassite et métal doré.

49 — Boîte à jetons en bois peint au vernis
Martin, à sujets galants dans le goût de
Pillement, renfermant quatre petites boîtes
intérieures. xviiie siècle.

5o — Lot de panneaux et fragments en bois
sculpté, anciens.

5 1 — Trois statuettes de Saints en bois sculpté,
des xvie et xviie siècles.

TABLEAUX ANCIENS

GRAVURES

GOYEN (D'après Van)

52 — *Paysage, avec canal animé de barques.*
Panneau.

NICOLLE

53 — *Paysage d'Italie, avec ruines.*
Aquarelle gouachée.

VERNET (Genre de J.)

54 — *Paysage maritime, animé de personnages.*
Toile.

55 — Sous ce numéro seront vendus des tableaux, aquarelles et dessins non catalogués, anciens et modernes.

56 — Sous ce numéro seront vendues des gravures anciennes.

ÉCOLE FRANÇAISE (xviiie siècle)

57 — *Portrait de Jeune Femme.*

500

Vue de profil, la tête légèrement tournée vers la droite, les cheveux poudrés et tuyautés sont coiffés d'un bonnet de dentelle et soie rouge. Elle est vêtue d'un corsage de soie rouge, avec cravate de dentelle et soie blanche.

58 — *Portrait de Femme.*

1.435

Vue de trois quarts, la tête tournée vers la gauche, les cheveux poudrés sont coiffés d'un bonnet en dentelle et ruban jaune. Elle est vêtue d'un corsage de soie et dentelle noire, et porte un collier de perles au cou.

59 — *Portrait d'Homme.*

500

Vu presque de face, les cheveux blancs et bouclés, vêtu d'un habit gris à revers de soie jaune et jabot de dentelle.

Ces trois portraits représentent des personnes d'une même famille. Ils sont peints sur toile ovale et de même dimension, dans des cadres en bois sculpté et doré. Epoque Louis XVI.

Excellentes peintures remarquables d'exécution.

ÉCOLE FRANÇAISE (xviie siècle)

60 — *Portrait de Femme en robe couleur marron et manteau bleu.*

Toile.
Cadre Louis XIV, bois sculpté doré.

ÉCOLE FRANÇAISE (xviiiᵉ siècle)

61 — *Petit Portrait de Femme.*

Toile.
Cadre baguette Louis XVI, bois doré.

62 — *Portrait d'un artiste tenant un livre et coiffé d'un bonnet.*

Toile.

63 — *Portrait de Femme vêtue d'une chemisette blanche à festons.*

Toile.

64 — *Portrait d'Homme en cuirasse.*

Cadre en bois sculpté. Époque Louis XIV.

65 — *Paysages maritimes, avec temples en ruines.*

Deux pendants sur toile.

66 — *Deux Portraits d'Homme et de Femme.*

Deux pastels ovales.

ÉCOLE FRANÇAISE

67 — *Jeune Femme nue couchée, fond de paysage avec colombes.*

Toile.

68 — *Sujets mythologiques.*

Deux dessus de portes peints sur toile.

ÉCOLE ITALIENNE (xviie siècle)

69 — *Le Mauvais Riche.*

> Toile.
> Cadre, bois sculpté doré Louis XIII.

70 — *Deux volets de triptyque : Portraits des donateurs.*

> Panneau.
> Cadres Louis XIII, bois sculpté doré.

71 — *Paysage d'Italie, avec rochers et cascades.*

> Toile.

BRONZES ANCIENS ET MODERNES
PENDULES

72 — Pendule en bronze doré et marbre blanc, de l'époque Louis XVI ; le cadran en forme de borne, ornée de palmettes dans les angles, est surmonté d'un cygne que caresse une jeune femme debout ; sur le côté opposé est un amour tenant une torche ; base ornée d'une frise de feuilles de lauriers et bas-relief à jeux d'amours en bronze finement ciselé, doré.

73 — Pendule en marbre blanc, en forme d'édicule, orné d'un vase et base à galerie en bronze doré, avec figure de Chinois en biscuit. Époque Louis XVI.

74 — Pendule en bronze ciselé, doré, de l'époque Empire, à sujet d'Apollon.

75 — Pendule, en forme de vase, à piédouche et anse à tête de cygne, en bronze finement ciselé, doré. Époque Empire.

76 — Paire de flambeaux, à trépied à griffes et base triangulaire en bronze doré. Époque de la Restauration.

77 — Paire de flambeaux en bronze doré, orné chacun de trois bustes de femmes, base à draperies. Époque Empire.

78 — Jeune femme et enfant : groupe en bronze patiné. Signé : *Moreau*.

79 — Œil-de-bœuf en tôle peinte. Époque Empire.

MEUBLES ANCIENS

80 — Petite commode à trois tiroirs en marqueterie de bois de couleur; dessus de marbre de couleur. Époque Régence.

81 — Encoignure en marqueterie de bois de couleur, ouvre à deux portes; dessus de marbre de couleur. Époque Régence.

82 — Encoignure en bois de placage, ouvrant à deux portes; dessus de marbre brèche d'Alept. Époque Louis XIV.

83 — Commode en marqueterie de bois; dessus de marbre gris. Époque Louis XVI.

84 — Petite commode à trois tiroirs en bois de placage; dessus de marbre blanc.

85 — Secrétaire droit en acajou; dessus de marbre gris. Époque Empire.

86 — Secrétaire en acajou, orné de bronzes, époque Empire; il ouvre à abattant et trois tiroirs inférieurs. Dessus de marbre.

87 — Commode en acajou à trois tiroirs, même époque et ornementation semblable à celle du secrétaire désigné ci-dessus.

88 — Petite armoire en acajou, à deux portes, ornée de bronzes; dessus de marbre bleu-turquin. Époque Empire.

89 — Bureau plat, formant table tric-trac, en acajou. Époque Empire.

90 — Sous ce numéro sera vendu un mobilier en acajou, salle à manger, chambre à coucher, bureaux, commodes, etc.

LIVRES

91 — Nombreux livres anciens et modernes.

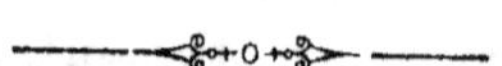